Dedicado a todos los que creen y confían sin desfallecer por el camino.

PANZAKATE. El aguacate rebelde

© Texto: Emilio Fuentes
© Ilustraciones: Héctor Borlasca

© Edición: ICB Editores
C/ Flauta Mágica 1, local 1 B
Pol. Ind. Alameda - 29006, Málaga
info@icbeditores.com
www.icbeditores.com

Abresueños
info@abresuenos.com
www.abresuenos.com

Edición: Alicia M. Maroto
Diseño cubierta: Catálogo S.L.

Primera edición: 2024
ISBN: 978-84-19720-39-9
Depósito Legal: MA 33-2024

Emilio Fuentes · Héctor Borlasca

PANZAKATE

El aguacate rebelde

Abresueños
EDITORIAL

Hacía años que no se veían lluvias como aquellas.
Las gotas corrían, como nunca, por valles y praderas.

Grandes nubes de tormenta cubrían la tierra.
Y un rayo, como una flecha, en el pie de un árbol
abrió una brecha.

Volvían los tiempos del gran Teknozilán, rey de los aguacates mexicanos, al que unos aventureros, en un barco mercante, trajeron navegando desde América a Levante.

Tras meses de viaje, puso al fin el pie en el suelo, y vio la tierra que sería, desde ahora, su reino nuevo.

—*¿QUIÉN HA OSADO TRAERME ASÍ? ¡SOY EL AGUACATE MÁS FUERTE QUE HA VISTO ESTA TIERRA!*—gritaba Teknozilán con la fuerza de mil truenos—. Poblaré estos campos hasta donde la vista alcance y un día, como un rayo, regresaré al lugar del que me habéis sacado.

Habían pasado muchos años, pero la historia de Teknozilán se había transmitido de árbol en árbol, y aquellos rayos y truenos trajeron el recuerdo de la promesa del rey nunca olvidado.

En la nueva primavera, insectos voladores se afanaban en llevar el polen de aquí para allá.

—¡Aquí es! Suelta el grano con cuidado —dijo una abeja al sobrevolar el aguacatero soleado.

—¿Qué más dará así que asao, con cuidado o sin él?

—El mimo es el ingrediente que alimenta todo lo que crece. ¿Y si un gran personaje de esta bolita naciese?

—¡Menuda tontería! —exclamó el insecto.

Pero cuando el polen cayó en el interior, chispas como rayos resplandecieron en la flor.

—¡Tenías razón! —gritó la abeja, mientras salía zumbando como una flecha.

Al ver aquel destello, un saltamontes se acercó. «Hacía tiempo que esperaba una señal como esta», pensó.

Y, con gran solemnidad,
comenzó a escribir en una hoja
que resplandecía bajo
esa flor hermosa.

Un mes después, en el calor del verano,
un cuerpecillo ya había brotado.

Por las noches, las estrellas alumbraban su verde
piel, y en su hueso un rayo escondido
centelleaba al alba y al atardecer.

Pasaron los meses y el aguacate se mecía bajo el sol del otoño. Observando todo a su alrededor, el mensaje escrito en la hoja descubrió:

Tu origen real, de la estirpe de Teknozilán, luce en tu panza como un rayo sin igual. Panzakate te llamarás y ese rayo te guiará. Más allá del mar a nuestra tierra regresarás, donde tu reinado renacerá.

—PANZAKATE... ¡Me gusta mi nombre! Suena muy bien —dijo entusiasmado—. Este mensaje ha despertado un impulso bajo mi piel.

Soy demasiado curioso para
esperar a que me vengan a recoger.
¿Qué debo hacer para saltar y correr?

—Si por el mundo quieres andar, antes deberás bajar —le contestó un camaleón de ojos saltones.

El rayo en su panza brilló resplandeciendo como un sol.

—¡Poca cosa es para mí este rabito. Con una mano lo corto y me lo quito!

—En mi vida he visto una fruta más osada. No se conforma con pasar el tiempo ahí amarrada. Ni esperar ha podido a que acabe la jornada. Se nota que procede de una estirpe sagrada.

Caminando, caminando Panzakate iba observando. A hombres y mujeres vio trabajando. Agricultores con tractores, tomates, pepinos y hojitas de cilantro. Plumas de colibrí, árboles sin fin y un largo camino por descubrir.

Panzakate se admiraba. Siempre confiado, saludaba a quien encontraba, y todos ayuda le brindaban.

Atravesó llanuras y montañas.

Andando,

saltando,

y, a veces, rodando.

Sin descanso, al atardecer, llegó a un lugar de arena en el que se sintió desfallecer.

Pero al caer la noche, la luna llena iluminó la arena.
Panzakate vio el mar y su rayo volvió a brillar.

Sin pensarlo, ¡pataplás!, al agua se lanzó sin mirar atrás.

Panzakate nadó entre medusas, bancos de lenguados, delfines y peces colorados.

—Hasta aquí podemos llegar —le dijo una ballena—. No debemos acompañarte más, pero recuerda: solo nunca estarás, ese rayo te guiará y con ayuda siempre contarás.

Panzakate nadó y nadó, recordando las palabras de su amiga la ballena, hasta que con algo se topó que de golpe lo frenó.
Sin darse cuenta, en una red quedó atrapado.

—¡Un aguacate marino! ¡Qué suerte hemos tenido! Lo guardaremos con esmero y nos lo zamparemos entero.

El barco navegaba avanzando a tierra firme, pero Panzakate no podía descansar: «Esto no me gusta; me comen para desayunar».

Así que, con la tripulación roncando,
y su panza brillando, el aguacate se
marchó pitando.

En un tablón a la deriva, la corriente lo empujó a tierra firme.

—¿Eso es un aguacate? —preguntó un tucán a un pelícano de ala ancha—. ¡Menudo rayo le sale de la panza!

—Soy Panzakate, aguacate real de la estirpe de Teknozilán, y junto a una pirámide de un pueblo sin igual, mis orígenes he venido a buscar.

—No sé qué es una pirámide —dijo el tucán—, pero ese rayo me es familiar.

—¡Yo lo sé! —dijo el pelícano agitando sus alas—. Es el rayo del palacio del anciano puercoespín. ¿Te llevamos volando? Seguro que es más divertido que correr como un lagarto.

Panzakate brillaba con intensidad.
Kilómetros y kilómetros de valles y ríos quedaban atrás,
mientras cruzaba la selva de regreso a su hogar.

Tras unos días de vuelo, Panzakate a su destino llegó y la gran pirámide encontró.

Dio las gracias a sus nuevos amigos y se despidió.

No sabía cómo continuar, pero el rayo volvió a marcar su ruta, pues resplandeció dentro de una gruta.

—Por fin has llegado —dijo un puercoespín albino, que ponía ojos de chino—. Estas tierras despobladas volverás a hacer brillar.
En tu hueso llevas la marca del gran Teknozilán.

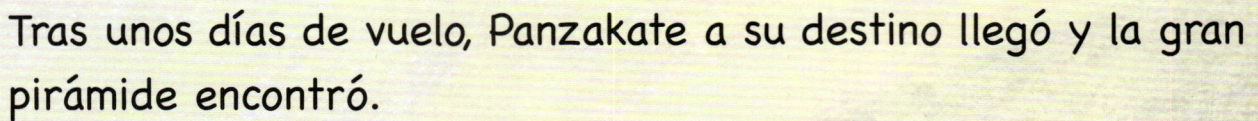

Panzakate se sintió maduro. Su largo viaje recordó junto a todos los amigos con los que avanzó.

Marrón tornó su cuerpo, aunque él nunca perdió el aliento. Su hueso vivo y firme continuaba y en su interior, como aurora boreal, el rayo de su centro aún brillaba.

En este, su nuevo reino, un agujero abrió con sus manos, y en la tierra blanda del hogar, metió su panza con alegría y prestanza.

¿Qué ocurriría después de tantas andanzas?

Pasaron los meses, durmieron los días.
Una flechita verde despuntó al alba fría.

De rayo forma tenía. Ahora, el viento del sur la mecía.
En las tierras de Teknozilán, la familia de nuevo crecía.

Nota: *Siempre hay un destino para una mente inquieta. La vida es una aventura. Por eso perdido nunca te sientas, pues con ayuda siempre cuentas.*